나무가 그리는 그림

나무가 그리는 그림

—

초판 1쇄 2020년 11월 25일
지은이 전영임
펴낸이 김영재
펴낸곳 책만드는집

—

주소 서울 마포구 양화로3길 99, 4층 (04022)
전화 3142-1585·6
팩스 336-8908
전자우편 chaekjip@naver.com
출판등록 1994년 1월 13일 제10-927호
ⓒ 전영임, 2020

—

* 이 책은 2020년 경북문예진흥기금 지원을 받아 발간하였습니다.

—

ISBN 978-89-7944-746-0 (04810)
ISBN 978-89-7944-354-7 (세트)

책 만 드 는 집   시 인 선 1 6 1

나무가 그리는 그림

전영임 시집

책만드는집

시인의 꿈

은밀하게 품 여는 꽃맹아리 그것처럼
어느 날 알았어요 사뭇 사랑이란 걸
한참을 눈치 못 챌 때 보슬비로 왔어요

꽃들은 다투는 듯 제각각 활짝 펴도
씨 뿌린 내 꽃밭은 아직도 감감해요
귀띔은 뒤꿈치 들고 애만 타는 서성임

달콤한 장미 향기 바람에 실려 가면
새하얀 찔레꽃이 분분히 날리거든
마침내 그대 곁에서 꽃 피운 줄 아세요

| 차례 |

2부   길 속의 길

3부 길고양이의 저녁

4부 나무가 그리는 그림

1부

습베를 품다

필사하다

허공에 나비 한 마리 그리고 있는 문장
찬찬히 따라 읽다 번득이는 한 소절
날갯짓 몇 번을 할까
가늠해 보는 시 한 수

쉼표 하나 찍어놓고 바위에 사뿐 앉아
뭉툭해진 붓 끝을 다시 다듬는 사이
눈길이 따라다니던
시어 몇 줄 옮긴다

나는 아직 망망한데 나비는 감감소식
꽃잠에 빠졌는지 일어날 기미 없다
어쩌나,
불의 혀 같은
종장 아직 남았는데

마당을 쓸다가

노을을 등에 업고 매실 하나 툭,
떨어진다

데굴데굴 구르더니 하필이면 내 발 앞

나더러
어쩌란 건지
피할 수 없는 조우인걸

한쪽은 멍이 들고 반대 뺨엔 흐른 진액
네 삶도 녹록한 적 없었다는 오체투지
측두가 찌릿하도록 풀어내는 얼얼함

벌레 먹은 네 빈 속 송그릴 틈도 없이
내 머릿속 벌거지 빨리 잡아 없애라고

생의 끝

내게로 와서

설법을 하고 있다

점심시간

비 오는 편의점 창가 혼자 먹는 컵라면
창밖에 주룩주룩 면발 같은 비 내리고
후루룩, 뜨거운 눈물 대충 씹어 삼킨다

빗방울 창문 밖에 대롱대롱 매달리듯
무심한 기다림으로 오늘 하루가 간다
사랑이 다 식은 거야 성에 끼는 둥근 안경

혼자 산고 치르며 태연히 몸 풀었지
사랑의 진정성은 무엇일까 곱씹는 건
허투루 마음 끓이던 내가 내게 묻는 말

뜨거운 면 후후 불며 서린 눈가 닦고서
사람 사이 사는 법 한 번 더 새긴다면
사랑도 먹을 수 있을까
점点 하나 마음心에 찍고

슴베*를 품다

심장 어디 뾰족이 박이고야 말아서
이제는 쉽사리 뽑아낼 수도 없다
어쩌다 파고든 자리 아주 뿌리 내리는,

뚫고 드는 날 끝은 뜨겁기만 했는데
수시로 움직일 땐 우리하게 아픈데

그런 게 사랑이라며
꼭 끌어안던 여자

* 칼, 호미, 낫 따위에서, 자루 속에 들어박히는 뾰족한 부분.

17

무섬* 1
– 외나무다리

한 폭의 수묵화 해 지는 뭍의 섬

도저한 강물 소리 현을 타듯 노래할 때

점점이 흩는 모래알

깊은 잠을 뒤채요

별을 따러 가려는가 피라미도 자맥질

온몸 던져 긴긴밤 홀딱 새워보지만

만만한 세상은 없지

너무 멀어 섧구요

꽃가마 타고 오던 향기로운 봄날은 남아

자욱하게 서린 정 홀연히 사라져도

한 생이 또 다른 생을

품어주는

저문 강

* 경상북도 영주시 문수면 수도리 소재, 마을 삼면이 물로 둘러싸여 있는
물돌이 마을.

무섬 2
– 시인의 섬

굽잇길 돌아 돌아 뭍의 섬 들어서면
반짝이는 은모래 고졸한 외나무다리
밤이면 어린 별들이
자지러지는 그곳

외나무다리 그 아래 흐르는 물소리는
가뭇한 옛이야기 말긋말긋 읊는데
흐르는 물 위에 기대 가만 듣고 있는 달

은파로 일렁이는 물결이 그리울 땐
홀연히 달려가서 그 강을 만나겠네
허심히 앉아있어도
시인이 되는, 무섬

무섬 3
－ 무섬에 노을 지면

외나무다리에 걸터앉아 하루를 매만지다
다른 손가락 다 접고 검지만 곧게 펴서
물 위에 아픈 마음을
그려보고 있었다

한 자 한 자 쓸 때마다 그러안은 물결이
채 다 쓰기도 전 글자들을 물고 간다
낯선 물 따라나서는
저 여린 마음 조각

찌릿하게 찌르던 송곳 같은 말, 말들
앙가슴 뻐근하도록 물 위 옮길 때마다
상처로 앉은 딱지들
저 물 따라 흘러갈까

날 세워 내리찍던 독 오른 내 손가락
아팠지,

너도 아팠지
위로로 감싸는 물
어르어 안긴 품에서 독기를 풀고 있다

봄비

아이야,

어디서든

봄비처럼 스미거라

바싹 마른 대지를 촉촉이 적시면서

새싹들

움트는 거기

생명수가 되어라

달의 목소리

애착하던 유년에 기대었던 엄마 등
무위한 바람의 손 터널을 지나갈 때

등 뒤로 울리는 음성
삼박이는 눈동자

때 없이 헤매던 너덜겅 길에서도
기억에 스며있는 그 음성 되감으면

조릿댄 화근내에도
안락하던 내 마음

하얗게 지새우며 불러주던 자장가
살다가 문득문득 지데끼고 싶은 밤

불멸의 당신 목소리
바림질로 잠든다

낙조, 그 후

석양을 삼키고도 시침 떼는 난바다
삼켜버린 까치노을 넘치도록 맑아서
하느작 게워내는데
소리로 다듬는 몽돌

모질게 뱉어내는 날이 선 파도의 혀
남양 해변 돌들이 둥글게 배워갈 때
차르르 쓰다듬는 손
대끼며 또 차르르,

소리의 규칙 입고 들레며 압축하던
선홍색 시간이 초침따라 나서면
홀로 선 검은 외등에
불 댕기는 별 하나

물아物我의 시간
─금동미륵보살반가사유상

투명한 유리관 속 가마득한 나이테로
슬픔인 듯 고뇌인 듯 묘묘한 미소하며
묵혀둔 오랜 사유를 만나보고 싶었습니다

무애한 아량으로 실답게 살았지만
종내엔 가시문 길 무상한 삶을 괴고
초연히 우주의 중심 반가좌를 튼 당신

연꽃무늬 감싸 안은 비단 자락 고요하고
실눈으로 보는 세상 아득한 극치의 길
역사를 켜켜이 얹은 시간 위의 기다림

한 하늘 정감 어린 둥근 해와 초승달
고졸한 천년 면벽 적멸의 해탈일까
설백한 날빛 말씀을 유진으로 받습니다

어떤 부고장

조간신문 맨 아래 가족 찾는 광고 몇 자
또 하나 사원 생이 돌아가고 있다는 소식
스치듯 지나던 눈결
시큰해지는 눈시울

그 옆엔 대서특필 화환 행렬 이어지고
문상객 치켜든 턱 윤기 오른 광대뼈
죽음도 서열이 있어
문턱조차 다르다

먼지로 떠돌았던 회색빛 하루하루
노도에 살았지만 부끄럽지 않았다고
구구구,
비둘기 운다
영정도 없는 이별

사춤

세월이 만들어낸

성글어진 지문들

절절한 틈새마다 미쁘게 덧바르는

생이란

마주 보면서

서로 메워가는 일

배롱꽃

1.

당신 안 보셔도 활짝 피고 말았어요

뜨거운 심장이라 감출 수가 없어서

사무쳐 애끓는 순간

툭, 터지고 말았어요

2.

할 말이 너무 많아 냉가슴 끙끙 앓다

진종일 쳐다보며 마구 쏟아냅니다

말 많은 수다쟁이도

좋아한다 말한 당신

나팔꽃 연가

사랑을 놓치고서 할 말마저 잊었네
여일을 피고 져도 다시 올 리 없는 이
꽃 마음 앉았던 자리
떠나지를 못하네

그대 속삭임 듣던 두 귀를 여는 아침
습관처럼 열어도 목소리 간곳없고
귓불을 스쳐 가는 건
심장 잃은 바람뿐

햇귀에 사라지는 이슬처럼 덧없는
한갓 헛꿈이었네, 인연의 끝에 서면
버려도 못 버린 한때
눈빛으로 피우네

퇴계退溪, 흔적을 만나다

물소리 산새 소리 송뢰 이는 산기슭
그윽한 매화 향기 따라 드는 도산서당
앞마당 들어서 뵙는 단아한 당신 성품

청빈낙도 그 삶을 숙명으로 여기시며
신의 소리 들을 수 있는 성학을 완성해
큰 사유 이끌어내신 해득함을 만납니다

갈마드는 체관 속 혈류는 탁해져도
맑은 물, 바람 같이 보내오신 빛난 말씀
'경敬' 자로 품어주신 혼 겸허하게 새깁니다

거문고 타는 손결 애태우던 마음 한길
기약 없는 이별은 님이 주신 귀한 애감愛感

마지막 남기신 말씀

"저 매화에 물을 줘라"

폭로me too

별들이 지고 있다 한순간에 떨어졌다
인간 시절 과오를 까마득히 잊었지만
그네는
단 한순간도
잊을 수 없었던 일

반짝이는 별일수록 현실을 외면하며
기억의 숲길마다 불 지르고 싶겠지
모질게
박은 못 따윈
눈감으면 그만이니

봄이 와도 피멍 들어 피우지 못한 꽃을
예초기 날을 갈며 톺아보는 저 눈길
닫혔던
침묵 터지니
토혈이 낭자하다

쓰레기통 성자

가장 너른 품 있다면
그대가 아닐까요

해지고 모지라져
남들마저 버린 것

다 받아
품어 안으려
활짝 열어놓으니

시혼을 묻다

청마가 걸으셨을까, 님의 발길 따르면

숨이 턱, 차오르는 가풀막진 언덕배기

산딸기 길섶에 숨어 수줍은 듯 발갛다

먼바다 보이는 곳 고즈넉한 옛집에는

낮달맞이 분홍으로 가슴 풀어헤치고

파도야 어쩌란 말이냐* 그리움 절절한 서書

툇마루 올라서서 시혼이 깃들었나,

나지막한 천장 아래 방마다 기웃하니

세월이 주인이라며 설핏하게 오신다

끓어오른 속마음 감추지 못하시고

긴긴 사연 풀어서 연서로 보냈다니

내게도 뜨거운 사랑 남았을까 들척인다

*청마「그리움」에서 인용.

내 마음의 서랍

싹 틀 자리 하나 없는 메마른 산비알
진자리 마를 때마다 서걱서걱 울지만
가끔씩
되뇌어 보는
촉촉했던 그 미소

물 어린 이랑마다 꿈틀거리던 씨앗
오늘은 다행히도 싹 틔우려나 보다
어쩌면
꽃일지 몰라
활짝 피울지 몰라

봄밤 깊어질 때면 사부작 뒤채는데
그이도 지금쯤엔 갈고 있을 마음밭
가만히
두 눈을 감아
하마 당신 꺼낸다

물방울

1.
부풀면 떨어질 줄 뻔히 알고 있어도

그것도 숙명이라 어찌할 수 없어서

단심에 낙화하지만

다시 피는 그 찰나

2.
가냘픈 우리의 기적 지금 보고 있나요

무거운 쇠창살도 거뜬히 드는걸요

생각을

뒤엎어 보니

안 되는 것 없네요

감기 感氣

액자 속 갇혀있던 그녀가 탈출했다
바스락, 치맛자락 마른 땅을 스치며
사뿐히 디딘 발끝이
춤을 춘다 빙그르르

턱을 괸 실눈으로 춤사위 바라보면
풀어진 눈꺼풀에 눈동자는 더뎌서
옷자락 끄트머리를
따라간다 한발 늦게

생긋 웃는 얼굴로 바투 다가와서는
덴 가슴 움켜쥔 긴 손톱이 할퀴면
열꽃이 피어오른다

아, 사랑이 익는다

2부

길 속의 길

고드름

혀는 늘 차가웠다 냉랭한 가슴이라
남몰래 뾰족하게 빈말들이 자랐다

밤마다
하는 기도는
묵묵하니 부담일까

처마 아래 낭자하게 물방울 꽃이 피면
실팍한 햇볕 따라 봄날은 바투 와서

복사 빛
남녘 바람에
내가 져야 봄 앉는데,

피안 彼岸
— 도산서원에서

은빛 물결 하늘거린 낙동강 휘돌다가
청빈한 날빛 가슴 흠향하고 싶은 날엔
발걸음 잠시 돌려서
잰걸음이 갑니다

너른 마당 품 벌린 해묵은 느티나무
뜨락엔 난분분히 매화꽃 피고 지고
끝끝내 맺지 못한 연
꽃이 되어 옵니다

도처마다 잔물진 지혜의 말씀들
나지막한 담장 너머 자울자울 글 읽는 소리
기웃이 들여다보다
살큼, 잠이 들었어요

오백 년은 새겼을까 자애로운 한마디
겸손과 공경으로 낮게 낮게 살라시는

피안을 꿈꾸던 그날
여읊지게 듣습니다

토룡土龍 앞에서

1. 난독
일탈을 꿈꾸다가 허투루 들어선 길
온몸을 궁그르며
간절하게 새긴 생

경쾌한 입술이 읊는
배밀이로 남긴 문장

2. 낙관
꿈이 화가였을까 전신으로 그린 그림
아침 볕 엉그는데 미완을 멈추지 못해

살가죽
벗겨지도록
새겨놓는 그 이름

얼음꽃

눈설레 밟고 간 후 시린 꽃이 되었네
여미면 여밀수록 속으로 내밀해져
앙다문 차진 입술로
고집을 피워보네

절절히 사모하네 부드레하던 눈길
높으면 높은 대로 낮으면 낮은 대로
수굿이 따르려 하네
측심하듯 새기며

그대, 먼 시선이라도 다사해지는 날엔
내 마음도 매듭 풀고 보풀처럼 지려나
봄볕에 사르르 녹는
청완한 낙화처럼

수국꽃 눈물

그 겨울
사원 눈빛과 마주치지 말았어야
마주친 그 눈빛 읽지 말았어야
왜 아직 거기 있냐고
묻지도 말았어야

야윈 수국이 울었다
하루 종일 울었다
그이도 울었다
달래지 못해 울었다
누군가
왜 우느냐고,

빗물 때문이라 했다

존재는 사라져도 망각은 말아야지
떨구지 못한 꽃잎 붙잡고 사는 그대

다시 또
수국이 핀다

낙화를 아시나요

솔숲에 서면

앞길이 안 보이면 어루더듬어 가야 한다
점점 부풀어 오른 희붐한 안개 뭉치
무겁게 가라앉으면 발걸음을 잦춘다

무심한 듯 서있는 뼈대 큰 사내들
우람한 그들 속으로 들어서는 그 순간
불끈한 팔뚝 근육에 붉게 피는 마른 입술

추파 하나 없지만 달구어진 목덜미
실그마이 좁혀 드는 뭇시선들 외면하며
사르시 혼자 걸을 때 눈바래는 정령들

주렴을 거두지 마 안개를 내버려 둬
서서히 드러나는 격자무늬의 맨살

청거북 등껍질 같은
그의 피부가 낯익다

봉정사의 저녁

때 이른 풀벌레 소리 처음으로 듣던 날
기우는 석양 끼고 찾아드는 봉정사
소나무 허리 굽히며 가슴 안고 서있다

후문으로 들어선 대웅전 너른 법당
참회의 기도 소리 깨달음이 간절한
행자의 저린 독경에 합장하는 솔가지

수심으로 걷던 걸음 기척도 숨죽이고
더 낮은 자세로 머리 숙여 익힌 참선
초연히 어루만진 얼 나를 비워내는 시간

가을 편지

이보게,
가을 하늘에 동물농장 세놨는가
어째 저래 온갖 동물 다 올라가 있는가
어린 날 우리와 놀던 진돌이도 저기 있네

자네는
그곳에서 이물없이 평안한가
꿈결에도 소식 한 장 보내오지 않으니
귓전에 목소리 울려 가끔 두리번거리네

바지랑대 꼭대기 고추잠자리 앉을 때
쑥부쟁이 들고 다니며 잡으려고 했었지
알았나, 잡을 욕심보다 놀이가 좋았던 거

이제는
가물하게 멀어져 가는 기억
잊을까, 하늘 보며 자네 얼굴 떠올리다
천상의 어느 언저리 잘 사는지 안부 묻네

시를 읽는 소나무

안향의 청빈한 숨결 머무는 소수서원
고즈넉한 솔밭 길 비켜선 오솔길에
진여체 그리워하는 단장 깊은 목소리

적조된 세월 동안 귀동냥 배운 글로
혜안의 누백 년을 절절하게 살아와
죽계를 노래하는데 머리 절로 숙이네

아까시꽃

엎었다 들이부었다 천지가 다 너다
들레는 바람 따라 나서려 안달터니
마침내
풀어놓았다
온통 풀어젖혔다

바람이 간들대며 살근거리던 알알이
하뭇한 콧잔등에 하얗게 앉아서는
하마 다
쏟아버리고
사위어만 가는데

사랑도 이러하다면 얼마나 좋을까
한숨에 다 쏟아내고 이별한들 어떠리
뜨겁게
들불마냥 타
재가 된들 또 어떠리

출사出寫하다

바람에 간들거리는
작은 꽃을 담으려

흔들지 말라고
흔들리지 말라고

통사정
꿇어 엎드려
겸손을 배우는 날

목어의 꿈

헤엄치고 있었다 바다가 아니어도
모두 보내자 했다 떠나온 본향으로
동공이 허예지도록
간절히 바라던 눈

승천이 꿈이었나 단단히 세운 비늘
곧게 편 지느러미 파도치는 꼬리까지
입 안에 할 말 물고서
하세월 참아온 저,

배 속을 좍 가르고 내장 다 훑어내도
처음 먹은 그 마음 절대 놓지 않으니
천년도 꺾을 수 없어
염원하는 울음소리

저녁 골목

달그락, 수저 소리

간이 잘 밴 웃음소리

구수한 청국장 냄새 창문 타고 모여드는

허기진 들바람조차

배 불리던 실골목

단청, 그 아래서

자로 잰 재단인들 저토록 반듯할까

틀어질 기미 없는 정갈한 네 귀퉁이

색색이 단장한 얼굴 햇살에 눈부시다

새색시 꽃버선이 저토록 고왔을까

살포시 내디디며 새겨놓은 문양 위

포르르 날아든 나비 아뿔싸,

착각이다

추녀 끝 받치면서 살아온 한살이라

허리 한 번 못 펴는 하고많은 날이지만

새틋한 웃는 얼굴이 봄날 꽃인 듯

붉다

홍조

발설하지 못해서 심중에 새긴 마음
이름만 되뇌어도 발갛게 꽃물 든다

당황해
숨기려 해도
눈치 없이 피는 꽃

자맥질

물 위에 둥그렇게 그리는 그림 한 점
무채색 물결무늬가 이토록 선연할까
조그만 피라미 한 마리
온몸으로 그리신다

오늘은 그 깊은 뜻 어렴풋 알 것 같아
절실히 뛰어올라 다시 첨벙하는 건
둥글게, 둥글게 살라
물이랑에 그린 교훈

길 속의 길

길에게 또 다른 길 묻고 싶은 날 있다

막막해서 알 수 없는 너덜길 앞에서는

어쩌면

이정표에도 없는

꽃길 숨었나 해서,

먹비

낙하하는 이 순간
얼마나 망설였을까
자연의 섭리대로 투신하는 삶이라서
두려움 떨쳐버리고 남은 생을 맡긴다

타다닥 빗소리는
처절한 비명일까
흔적 없이 어울려 가없는 길 떠나는
맵고 짠 고행길 앞에 불만조차 사치다

틀에 짜인 인생길
누군들 다르랴만
정해진 길 따라 오르고 내리는 건
마침내 합궁하는 날
하나 될 수 있으니

사월에게

부끄럽다 생각 말고
고개 들어 눈을 떠

너보다 더 예쁜 이
어디에도 없을걸

지금은
네 세상이니
웃어도 돼,
활짝

생을 깁다

몰씬한 바다 냄새 작은 포구 모랭이
한 땀 한 땀 삶을 깁는 무젖은 투박한 손
유려한 바느질 솜씨
한두 해가 아니다

처렁처렁 노래로 심금을 퉁기면서
내리는 폭양 아래 멈출 기미 없는 것은
가늠한 초로의 앞날
미리 잇고 있나 보다

청춘을 바다에 던져 아이가 태어났고
버겁게 건져 올려 배불리 먹이느라
틀어진 실밥 사이로
반목하는 어제와 오늘

초름한 꿈이라도 깃발로 세워두고
손까시 일어서도록 구슬땀 바빠질 때

포도시 구름 속으로
몸 숨기는 저 태양

꽃길에서

큰 눈으로 보다간 금방 지고 말까 봐
실눈을 살짝 뜨고 아껴 보는 새가슴
꽃비늘
가닐거린 춤
오래 보고 싶은데

꽃잎을 야금야금 두 눈이 삼켜본다
동공에 자진하는 눈부신 간질거림
바람에
하늘거리는
싱그러운 청춘들

한때는 향기롭고 무성한 생이었던
내일이면 하르르 질지도 모를 운명
꽃그늘
아껴서 걷듯
내 생을 걸어야지

갈잎 사이

바람이 불어오면
서로 낸 상처 핥으며

속울음 못 감추는
고요한 비명 소리

멍그늘
되짚어가는
애가 타는 그믐 강

3부

길고양이의 저녁

꽃담

성긴 등 자근자근 디디고 올라설 땐
행간을 꼭꼭 짜서 힘 있게 있는 거야
바람이
세게 불어도
흔들리지 않도록

마음을 탄탄하게 여미는 게 중요해
홀 구멍 바람 들면 허물어질 수 있으니
촘촘히
껴안는 거야
버성기지 않도록

볕 바른 양지라면 온종일 따스해서
뒤묻어 오는 꽃들 이지가지 피는 날
맨가슴
드러내 놓고
기대설 수 있도록,

부메랑

말에 베인 상처에
아렸던 날 있습니다

이제 와 다시 보니
내 버린 혀끝인걸

되돌아
나를 향할 줄
짐작조차 못 했던,

시는 내게

불각시 쳐들어와
심중을 두드린다

주옥같은 언어를
찰나가 눈치챌 때

손끝은
수신음마다
해독하며 그린다

풍경 소리

추녀 끝 매달려도 그저 그게 좋은 것은
내 목소리 어디든 보낼 수 있다기에
어디 먼
그곳에 있을
네게 가 닿으라고

끝없는 바람결에 내가 나를 때려도
아픔을 견디면서 그래도 좋은 것은
돌올한
그 소리 울려
오는 길 밝히려고

가슴에 새긴 금석 너와의 굳은 약속
빗물에 씻겨 가도 햇살에 바래져도
무시로
초로하는 마음
댕 댕 댕,
길을 낸다

빗방울 2

비 온 후 숲에서 들려오는 요령 소리
잎마다 방울방울 투명한 종을 달아
쟁그랑, 서로 대끼며
우려내는 젖은 음

초록 입술 물고 있는 투명한 꽃잎마다
사무쳐 옮긴 심장 가만가만 읽다가
아득한 경계 너머 선
네게로 달려간다

새하얀 조팝꽃 흐드러지게 피던 날
애민한 손끝으로 낙화에 새긴 약속
그날 밤 귓불 울리며
요령 소리 에돌던,

동행

이파리 몇 안 남은
나무 아래 낡은 벤치

산노을 바라보는
홀로 앉은 은발 머리

슬며시
단풍잎 하나
툭, 내려앉는 오후

봄눈

창밖을 서성이는 새하얀 요정들이

하르르, 날아오르며 내게 손짓을 하네

상실의 수렁에 빠진 나를 건져 올리려

흔들리는 몸짓은 무르녹은 두려움

알겠네 이제 아네 스러질 낙하, 낙하

하물며 망설임 없는 당당한 저 몸짓들

영원할 수 없다는 걸 머리는 알면서도

허기진 가슴이라 견딜 수가 없지만

자꾸만 비워내면서 부활하는 봄의 눈

외등 아래서

어둠이 깊다 해도 두려워하지 않아
별빛은 영롱하고 달빛 더 밝을 테니
두 눈이 익숙해지면
그 빛으로 볼 수 있어

들꽃의 짙은 향기 먼저 말문 열 테고
풀벌레 마음 풀어 소리로 내는 길섶
밤새껏 혼자 있어도
외롭지 않을 거야

오감은 열어두고 생각을 잠재우면
먼 데 소리 또렷이 들고 오는 외길로
혹, 알아 데자뷔처럼
그대 내게 오실지

해국

언제쯤 오시려나

해조음에 귀 열고

사무친 그리움으로

꽃잎은 시들어도

아직은

이울 수 없다고

바람에 치는 손사래

오월의 산에서는

속의 것 다 비우고
큰 숨 마셔도 좋아

생각은 다 접고
그 숨에 주목하면

깊숙이 들어와 앉는
짙은 향기 달콤한

배 불뚝 불러와도 당황스럽지 않아
아카시아꽃 내음 다 마신 그 속이
어쩌면 저도 덩달아 꽃인 줄 알 테니

산만디 올라서서
노래하지 않아도

산새 들새 잎사귀 싱그러운 세레나데

가만히
귀 기울이고
듣기만 해도 좋은,

생의 곡선

일요일 오후 두 시 요양병원 휴게실
두 노인 마주 앉아 화투놀이 하고 있다
구부정 골 진 어깨에 세월의 더께 얹고

한사코 떼만 쓰는 할매 달래는 할배
"응, 그래 이거 내야지
그래 그거 잘했어"

잘했다,
이 한마디에
아이처럼 웃는 그녀

화투판 밑바닥은 눈치 뻔한 밀당 중
줄줄이 늘어놓은 할머니 화투장이
텅텅 빈 할아버지 쪽

은근슬쩍 넘겨본다

어르며 달래온 세월 빈약한 기억 너머
당신 칭찬 한마디 목말랐던 어린 새댁

거뭇한
생의 곡선이
오늘에야 환하다

길고양이의 저녁

굶주린 두려움을 온몸에 껴입은 채
바닥에 납작 엎뎌 예각 바짝 세운 눈빛
푹 젖은 쓰레기 더미
쉰내를 훑고 있다

무언가 발견했나 재빨라지는 몸짓
허기 채울 먹이를 이제 겨우 찾았는데
덩치 큰 개 한 마리가
어슬렁, 다가온다

등허리 까칠하게 털들을 곤두세워
몸피 부풀리면서 위협 소리 내보지만
단 한 번 망설임 없이
덤벼드는 큰 앞발

튕기듯 피하지만 멀리 가지 못한 채
새카만 눈빛으로 단초도 못 떼는데

눈 막 뜬 새끼 고양이
보채며 우는 소리

바다야,

너의 섬이고 싶다
한가운데 우뚝 선

사방이 네 두 팔에 둘러싸인 그런 섬

물살이
뒤척일 때마다
더 깊숙이 안기는 섬

어떤 시집

해변에서 주워 온 주먹만 한 몽돌 하나

수천 년 자진하며
돌 위에 새겨놓은

바다의
시를 읽다가
나도 시인이 된다

숨바꼭질

어릴 적 툭하면 통시깐에 숨던 너는
못 참던 웃음 때문에 금방 들켜버렸는데

이제는 참을 수 있나
귀 톺아도 안 들리네

결락된 기억으로 오는 길 잃었는지
숨죽여 웃던 소리 귓전에 생생한데

친구야,
이제 그만 나와
못 찾겠다 꾀꼬리

절구의 삶

둘이서 한 몸이다 혼자서는 의미 없어
쉼 없이 두드리고 사정없이 내리찧는
고통은 이미 넘어선
미지의 경지란다

유려한 삶이려면 부대껴야 하는 거다
네 가슴팍 내려칠 때 내 알마음 피멍 들어
자별한 우리의 인연
붙움키듯 놓지 않아

치켜든 높이만큼 아픔 더하겠지만
찰나의 시간이 후리듯 지나가면
지긋이 자강하면서
또 하루를 건넌다

삼월의 편지

하늘이 다정하게 건네주는 이야기
정갈한 언어로 골고루 편견 없이
물오른
산천초목에
사붓거리는 햇살

찰방찰방 땅에서도 수신되는 언어들
밀착된 어린 봄이 들썩이며 일어선다
넌지시
귀 기울이는
매지근한 가지들

둥치마다 새록한 꿈들이 일어서고
자잘한 꽃눈이 조근대며 보채는데
부득불
목매던 추위
뒷모습을 보았다

냉장고를 비우다

오래 묵혀 쉬어버린 반찬들을 버린다
흐르는 진액처럼 끈적한 잡념들이
냉장고 벽에 붙어서
꾸덕꾸덕 굳었다

두고두고 먹겠다며 귀한 것 구해서는
아까워 따로 두고 번번이 미루다가
빼곡히 들여놓고는
기억에서 지웠다

곰팡이 슨 반찬 통 깨끗이 씻어내듯
퍼석하게 말라버린 그 언어 도려내려
무시로 비워버린다
다시 채울 값이라도

의자

지는 해 빛줄기를 한 가닥 부여잡고
신작로 옆 돌담 아래 해쓱한 빈 의자

주인을 잃어버린 거야
크렁한 큰 눈망울

기다림이 익숙할까 떠나지 못하고서
가치가 떨어지면 버려진다는 그 사실

조금씩 느껴가는 건
아주 슬픈 일이지

기대던 체온들을 가슴에 담아두고
상처 난 아픔이 마지막 기억이지만

그래도 행복했다며
노을에 빙긋한다

모정慕情

물고기 눈에 놀던 붉은 노을 뒤편에
폭설을 못 견디고 실긋하는 전신주
웅그려 허기진 화분
피지 못한 꽃맹아리

별나라 비행기 굉음이 무서워도
아이는 귀를 열고 온밤을 기다린다
푹 젖은 귀 큰 곰 인형
바짝 마를 때까지

그믐달 기웃할 때 어김없던 타박 걸음
엄마, 하고 부르면 메아리로 먼저 와서
다감히 안아주던 품
하마나 다시 올까

연달래

따뜻한 기억입니다

봄날 받던 그 눈빛

설레는 오늘입니다

순한 미소 짓게 하는

산자락
환하게 밝힌
그녀 만나러 가는 날

틸란드시아*

1.
여행객 배낭에 붙따르며 도착한 곳
불시착은 필요 없다 매달린 곳 터전이라
허공을 밟고 서있는 절실함이 위태롭다

바다 건너 이국땅 용기 내어 왔지만
살아가는 그 삶이 녹록지는 않더라
곰치듯 엎힌 몸이니 잔발조차 큰 욕심

지쳐있던 어린 영혼 허공을 헤매다가
멍하니 놓은 정신 화들짝 당기는데
얼씬한 바람 한 점만 비다듬어 스친다

2.
창문 너머 허름한 집 살고 있는 그 여자
알 수 없는 이국어로 고점 친 외마디 비명
까무룩,

정신 줄 놓나
사방이 정적이다

* 북미 아열대에서부터 열대 아메리카에 걸쳐 자라는 관엽식물. 공기 중의
수분으로 살아가기 때문에 공중에 매달려서 자생한다.

4부

나무가 그리는 그림

혼밥

지친 하루 이끌고 들어선 텅 빈 집
어둠을 덮고 있던 온기 잃은 밥 한 그릇
날마다
혼자 먹는 밥
울컥 가슴이 운다

까칠한 모래알을 목으로 넘겼겠지
외로움 밥알처럼 꿀꺽 삼켰을지 몰라
그이의
퀭한 뒷모습
울컥이며 떠온다

혼자 먹는 따신 밥보다 둘이 먹는 식은 밥
찬 없어도 마음 담아 정성스레 차려놓고
다정히
함께 먹으면
찬밥조차 따시다

손금

손바닥 펴보라며
손목 잡는 그 사람
초롱초롱 눈망울 까만 길 밝혀두고
애정선
어디쯤에서
소실점을 만날까

아무리 들여다봐도
가느다란 실선들
제 갈 길 어지럽게 흩어져 기어가고
자로 잰
운명 따라서
살아갈 날 머흘다

한참을 톺아보고

다시 또 새기다가
지그시 내려다보며 숨은 속내 훑는데

히야, 참!
입풀무질에
환해지는 내 앞길

나무가 그리는 그림

세상에, 낭구가 그림을 그린대이
못 배운 나보다 백 배는 더 똑똑한갑다

남녘 문
열어놓고서
시름으로 뱉던 말씀

그 나무 부러웠을까 둥치 아래 잠든 당신
실바람 이명처럼 그 음성 나를 때마다

매끈한
너울가지가
웃어주던 유년의 집

오늘은 먼 기억 속 당신을 그리네

낫낫한 붓이 되어 처연하게 그리네

메말라
야윈 가지가
생기 살금 머금네

근황을 묻다

코로나가 길을 막아 감감했던 여섯 달
기억을 지워가는 요양병원 유리창 안

저승꽃
활짝 피우신
당신을 뵙습니다

손끝조차 못 만지는 야속한 시간 앞에
엄마, 불러봐도 분절되는 목소리

허공만
타는 눈빛이
물음표만 찍습니다

치자꽃 향기

옹이 진 마음 들고 찾아간 친정집
왜 왔냐, 한마디 묻지도 못하신다
삐시기*
열린 문 사이
서성이는 치자꽃

날름날름 치자 향 두 귀로 받아먹다
향기에 찔린 걸까 툭, 하고 터진 심기
어쩌나
눈물에 베인
종로에서 맞은 뺨

가슴팍 찢고 있는 섣부른 가위질에
문밖에서 눈물로 시침질하던 당신
서로가
아무 말 없어도
가야 할 길 알던 밤

* '아주 조금'이라는 뜻의 경상도 방언.

홍연紅鉛

내 안에 꽃 피었다
열세 살 서툰 나이

여자란 걸 알았다
봉긋하게 부푼 가슴

엄마가
되어보라고
신께서 내린 축복

왼쪽 가슴 뜨겁게
사랑이란 명패 달고

가진 것 다 주어도
더 주고파 안달할 때

어머니
어떠셨나요
정말 행복했나요

사랑인 줄 몰랐습니다

지친 등 쓸어주며 끌어안아 함께 울고
어루만진 손길마다 다독이는 숨소리
그 가슴 한없는 품이
사랑인 줄 몰랐습니다

비뚤비뚤 서툰 글씨 밥 잘 먹어라, 아프지 마라
보내온 편지마다 아린 정 가득해도
그 마음 깊은 걱정이
사랑인 줄 몰랐습니다

시집간 막내딸 집 수시로 드나들며
가냘픈 몸으로 이고 지고 나르시던
그 어깨 무거운 짐이
사랑인 줄 몰랐습니다

정화수 앞에 두고 새벽마다 하는 기도
힘드니 안 와도 된다

바쁘니 얼른 가거라
이제야,
자식을 위한
진정 사랑인 걸 알겠습니다

어떤 휴가

사립문 열어놓은 사내의 머릿속
비망록에 새긴 날이 에돌아 아득하다
당당한
그 옛 모습은 어디로 숨었을까

담배 연기에 묻었던 고단한 오늘은
짓눌린 어깨의 무게 덜어주지 못하고
굽은 등
땀에 젖으며 걸어온 자드락길

마른 동공 껌벅이며 병상에 누운 채로
미명의 시간은 심장을 노리는데
지금은
쉬어 가라는 신이 내린 휴식기

그 집 앞

날마다 무심하게 지나왔던 길인데
탐스러운 목단꽃 눈길 사로잡는 날
낡은 문 반쯤만 열린
대문 앞을 서성인다

당신의 그림자가 환영으로 남아서
꽃밭을 축이면서 꽃송이를 닦나 보다
수시로 지친 걸음이 쉬어 가던 안식처

당신은 하마 없고 빈집은 허허한데
어쩌자고 꽃 한 송이 저리 곱게 피었는지
홀린 듯
멍하니 서서 바라보는 눈,

섧다

배웅을 하며

버스 터미널에서 이제 너를 보낸다
등에는 큰 가방 양손에는 쇼핑백
축 처진 어깨 뒤에서 울컥 가슴이 운다

성큼성큼 걷는 길 탄탄대로 바라지만
지난하게 걸어온 길 순하지 않았기에
행여나 상처로 남을까 자갈밭의 어미 맘

어스름 내린 어둠 그 속을 걷던 너는
잠시 무게를 내리고 큰 손을 흔든다
끄덕인 고갯짓으로 믿음을 보내는데

바짝 타는 걱정 들다 들켜버린 놀란 손
입시울 살짝 올려 수신하듯 주는 위로
그사이 어둠을 밝힐 가로등이 켜진다

동행 2

그대와 손 맞잡고 꽃길로 들고 싶네
나란한 발자국에 조곤조곤 말 섞으며
노래도 불러야겠네
허밍이면 좋겠네

햇아이 눈 맞추고 늙음 앞에 공손하며
비척이며 걷는 이 살그미 비켜서서
조금은 기다려주는
배려도 갖고 싶네

피면 질 때 있다는 그 진리 배웠으니
꽃처럼 살아도 슬퍼하지 말자면서
마주 본 말 없는 맹세
가야 할 길 새기네

청보리

푸름이 살 붙이는 오월이 익어갈 때
낙동강 고요히 흘러드는 도산서당
하늘을 머리에 이고
청보리가 익어가요

산새 들새 여기저기 우짖는 들녘에서
바람에 야문 꿈이 춤춰요 하늘하늘
누렇게 익어갈 날을
설레면서 꿈꿔요

당신의 등에 업혀 유년에 걷던 길에
논두렁 사이 두고 익어가던 청보리
아버지 그리운 마음
그곳에서 불러봅니다

아침 퇴근

밤샘 근무 마치고 들어오는 너의 뒤에
그림자로 따라 드는 고단했던 지난밤
사는 게
그런 거라고
차마 말하지 못했다

생기 잃은 목소리로 다정히 안아주다
지난밤 내 안부가 궁금하다 묻는 너
무정한
어미였을까
꿈도 없이 잠든 밤

눈부신 해가 떠도 잠을 청한다 너는
얼비친 햇살 보며 하루를 연다 나는
쉼 없이
꿈꾸는 너를
응원한다 오늘도

부천에 왔습니다

처음 왔습니다 부천이란 도시는
아들이 살고 있어 오고 싶었던 골목
낯선 길 걸으면서도
왠지 친근합니다

좁은 골목 돌아, 돌아 지하 방 들어서서
볕 한 점 없는 곳에 멈춘 눈길 붙박으니
뾰족한 가시 하나가
목젖에서 돋습니다

어설픈 살림살이 손끝 맵게 사는 건
군대에서 배워 와 몸에 뱄단 너스레
귓전에 감친 말들이
눈꺼풀을 듭니다

한 밤 자고 나오며 마음 두고 옵니다
어쩜 너도 모르게 빛이 되고 싶어서

간절한 소원을 풀어
이사 가는 꿈 꿉니다

너에게

아이야
슬픈 날엔 나뭇잎이 되어볼래
바람이 불 때마다 생글생글 웃고 있는
포플러
잎사귀마냥
하루만 살아보자

아이야
우울할 때는 물별이 되어볼래
하늘거린 물이랑 살포시 딛고 서면
태양이
환히 비추니
반짝, 빛이 될 거야

아이야
답답한 날엔 구름이 되어보자
하늘과 땅 사이에 편안하게 누우면

바람이
데려다주는
어디든 갈 수 있지

행운을 신다

휘청하는 나를 보고 킥, 하고 웃는다
그 아이가 선물한 굽 높은 노란 구두
머쓱해 둘러댄 핑계
"인생은 그런 거야"

새 구두 신는 날은 기분 왠지 좋더라
못 풀어 미뤄뒀던 매듭마다 술술 풀려
웃자라 피는 행운아,
이참에 복권 살까

세상에 공짜 없지 피 맺힌 발뒤꿈치
비명 한 번 못 지르고 홀렁 벗겨진 살갗
제 살을 베어 물어도
오늘, 운수 좋은 날

엄마의 꽃밭

꽃 한번 실컷 보면 원 없겠다 하시더니
마음 한편 손바닥만 한 꽃밭 하나 만드셨네
채송화 족두리꽃하며
이름 모를 꽃들도

참 좋다 참 예쁘다 눈 먼저 웃는 날에
오금이 저리도록 꽃밭에 앉아서는
노래는 덤이었다네
벌 나비 나풀 날듯

바깥출입 못 하시니 일손도 놓으시고
꽃이 폈나 꽃이 졌나 날마다 궁금터니
한가득 꽃 피우셨네
양볼 위에 저승꽃

아버지의 보약

앞마당에 노란 국화 누렁이 한 마리
뒤란엔 오래된 은행나무 졸고 있는
당신의
밝은 웃음이
파초꽃으로 피던 곳

툇마루에 앉아서 먹여주던 고구마
잣알 몇 개 동동 뜬 수정과 한 사발
눈동자
서로 맞추며
하냥 웃던 그날에

―못 배워서 모르니 얼마나 미안한지
자랑할 거 하나 없고 꿈조차 없다 해도
그래도
너희 웃음이
내 삶의 보약이다―

혼돈의 늪

흐르는 세월이 야속다 하시더니
다문다문 가는 계절 붙잡지 못하시고
잠잠히 사위어가는 한 떨기 꽃을 본다

욕심을 내려놓은 유폐된 기억들과
살과 뼈에 피워놓은 저승꽃 한 송이
들피진 외줄 인생길 이정표로 피었다

거꾸로 가는 세상 기억도 모가 닳아
잔류한 조각마저 점멸하듯 아득하여
행간을 넘나들면서 기웃하는 한살이

목화 솜이불

연분홍 명꽃 지면 눈처럼 피던 목화
몽실몽실 살 올리며 산자락 들썩이면
부푸는
어린아이들
까치발로 일어선다

한여름 뙤약볕에 목화 따던 거친 손
온밤 꼬박 새우고 명 씨앗 바르시며
서툴러
찔린 손가락
솔기 타는 원앙금침

삼십여 년 덮고 보니 일어나는 하얀 각질
해지고 무거워져 어느 한편 두었더니
웅크려
돌아앉았네
수척해진 당신의 등

언젠가

꽃들은

피겠지요

모질게 이울어도

빗물은

또 끝끝내

바다에 가 닿겠지요

당신과

나 사이에도

언젠가라는

그 말처럼

情이 깊은 詩, 情이 그리운 深香

박영교 시인·한국문인협회 이사

　시를 쓰는 시인은 자연과 사람에 대하여 사랑이 없으면 훌륭한 시를 쓸 수 없으며 좋은 시를 꾸준하게 산출해 나갈 수 없다. 물론 소설이나 수필 및 다른 장르의 문인들도 매일반이지만 특별히 시인은 자연이나 사물을 직접 보고 그 자리에서 감정을 바로 직설적으로 쓰든 은유적으로 쓰든 살아있는 느낌의 표현을 잡아내기 때문이다.

　전영임 시인은 시를 접하기 전에 수필로 '신라문학대상'을 수상하여 한국문인협회 기관지《월간문학》으로 등단한 후에 시, 시조에 도전장을 걸고 열심히 써서 시조로《월간문학》신인상에 당선했다. 전영임 시인은 시적 작업을 매우 꼼꼼히 하면서 퇴고를 끊임없이 하는 시인이다. 시 작업에 있어서 하나를 마치고 나서 또 다른 작품을 잉태하면서 앞의 작품을 퇴고하고, 새로운 작품을 완성해 가는 방법을 쓰고 있는 것 같다. 그의 시를 읽어보면 시적으로 경직된 곳을 거의 찾아볼 수 없다. 언어의 조탁彫琢을 꾸준히 하며 새로운 언어의 묘미를 찾아내는 공부를 한 흔적이 돋보인다.

시인의 눈과 귀는 보이지 않는 것을 보아내고 들리지 않는 것을 들어내는 힘이 있어야 한다. 또한 시인은 한 시대를 대변할 수 있고 과거에서 현재로 그리고 미래로 통하는 통로라고 말할 수 있으며 그 시인의 체험의 폭과 생각의 깊이는 바로 문학의 바탕이며 보다 깊은 감동을 줄 수 있는 작품의 근원이라고 하겠다.[1]

전영임 시인의 작품을 읽어보면 언어의 조탁이 자연스럽고 서정적인 맛이 우러나오는 인간의 삶 그 자체라고 말할 수 있다. 그는 작품에 있어서 어떻게 하면 독자들이 자신의 작품을 잘 읽을 수 있겠는가를 생각하면서 작품을 구사하고 꾸준히 퇴고해 나가는 시인이다.

허공에 나비 한 마리 그리고 있는 문장
찬찬히 따라 읽다 번득이는 한 소절
날갯짓 몇 번을 할까

---

1) 박영교, 『시와 讀者 사이』, 도서출판 청솔, 2001, p.123

가늠해 보는 시 한 수

쉼표 하나 찍어놓고 바위에 사뿐 앉아
뭉툭해진 붓 끝을 다시 다듬는 사이
눈길이 따라다니던
시어 몇 줄 옮긴다

나는 아직 망망한데 나비는 감감소식
꽃잠에 빠졌는지 일어날 기미 없다
어쩌나,
불의 혀 같은
종장 아직 남았는데
　-「필사하다」 전문

　시조에서 종장이 얼마나 중요한 것인지, 전영임 시인이 이것
에 얼마나 신경을 쓰고 있는지를 잘 알려주는 작품이다. 쉼표
하나 찍고 문장을 읽다가 번득이는 문장이 생각나면 그것이 작
품의 근간이 될 수도 있다는 것, 자신의 무뎌진 생각의 날을 세
우면서 시어 한 줄도 놓치기 싫어하는 시인의 자세, 종장을 만
드는 작업이 어렵고 무섭다는 것을 시인은 표현하고 있다.

　비 오는 편의점 창가 혼자 먹는 컵라면

창밖에 주룩주룩 면발 같은 비 내리고
후루룩, 뜨거운 눈물 대충 씹어 삼킨다

빗방울 창문 밖에 대롱대롱 매달리듯
무심한 기다림으로 오늘 하루가 간다
사랑이 다 식은 거야 성에 끼는 둥근 안경

혼자 산고 치르며 태연히 몸 풀었지
사랑의 진정성은 무엇일까 곱씹는 건
허투루 마음 끓이던 내가 내게 묻는 말

뜨거운 면 후후 불며 서린 눈가 닦고서
사람 사이 사는 법 한 번 더 새긴다면
사랑도 먹을 수 있을까
점点 하나 마음心에 찍고
 −「점심시간」전문

「점심시간」은 전영임 시인의 출세작이다. 이 작품은 한국문
인협회 기관지《월간문학》(2019년 12월호)의 시조 부문에 당선
했다.
  "전영임의 「점심시간」은 소재를 선택하는 감각과 작품에의
깊이를 더하는 시적 사유가 돋보인다. '점심시간'이란 소재로

우리 시대의 풍경과 고뇌의 한 단면을 선명하게 우려낸 것이 놀라웠다. 함께 응모한 다른 작품들의 수준도 고른 편이어서 믿음이 갔다." 심사위원의 평이다.

전영임은 작품을 쓰는 데 있어서 시원스럽게 써 내려가는 것과 우리가 말하듯이 쓰는 것이 특징이며 그렇게 작품을 쓰면서도 서정적인 분위기와 서경적 작풍을 그대로 잘 살려내면서 읽을거리를 만들어나간다는 장점을 갖고 있다.

심장 어디 뾰족이 박이고야 말아서
이제는 쉽사리 뽑아낼 수도 없다
어쩌다 파고든 자리 아주 뿌리 내리는,

뚫고 드는 날 끝은 뜨겁기만 했는데
수시로 움직일 땐 우리하게 아픈데

그런 게 사랑이라며
꼭 끌어안던 여자
−「슴베를 품다」전문

전영임 시인은 이 작품에서 무엇을 말하고 싶은 것일까?
연애할 때는 사랑하는 사람에게 하늘의 별도 따다 주겠다는 약속을 서슴없이 하면서 결혼을 하고 나면 주로 남자들이 가끔씩은 여자의 마음을 아프게 건드려놓곤 하는 일이 있는 줄 안다. 사람이니까 마냥 좋은 일만 있게 할 수는 없지만 조그마한 것 하나 가지고 다툼을 벌여놓고 그 아픔을 슴베로 건드리는 것이다.

여자들은 마음이 연약하다. 그 연약함으로 우리 아이들을 키워나가는 굳건한 어머니의 표상으로 살아가는 것을 보면 우리 남자들은 그 앞에서 너무나 큰 어머니의 표상을 보면서 고맙고 죄송하고 그리워할 줄 알아야 한다고 생각한다. 사랑이라는 이름으로 다 감싸고 넘어갈 수는 없는 일이다.

한 폭의 수묵화 해 지는 뭍의 섬

도저한 강물 소리 현을 타듯 노래할 때

점점이 흩는 모래알

깊은 잠을 뒤채요

별을 따러 가려는가 피라미도 자맥질

온몸 던져 긴긴밤 홀딱 새워보지만

만만한 세상은 없지

너무 멀어 섧구요

꽃가마 타고 오던 향기로운 봄날은 남아

자옥하게 서린 정 홀연히 사라져도

한 생이 또 다른 생을

품어주는

저문 강
　－「무섬 1 － 외나무다리」 전문

　「무섬 1 － 외나무다리」는 2018년 근로자문학제 시·시조 부문
에서 우수상을 수상한 작품이다. 시조에 한발 더 돋움 할 수 있
는 계기를 준 작품이기도 하다. 무섬은 경북 영주시 문수면 수
도리에 있는 마을로 마을의 삼면이 물로 둘러싸여 있는 물돌이

마을이다. 낙동강 700리를 흘러가면서 무섬마을을 만들어놓은 곳이 매우 많지만 그 마을 크기로 본다면 제일이 안동시의 하회마을이고 다음이 영주시에 소재한 수도리 마을이지 싶다. 이 무섬마을은 그 옛날 외나무다리 하나로 외부와 소통하고 살아가는 불편했던 시절이 있었다. 요즘은 다리를 놓아서 편리해졌고 많은 관광객이 몰려오기도 하지만 지금도 어려운 삶은 여전할 것이다.

젊은 나이에 이곳으로 시집올 때는 가마를 타고 그 곤드라운 외나무다리를 밟고 건너왔을 것이고 삶도 그러했을 것이라고 생각한다.

아이야,

어디서든

봄비처럼 스미거라

바싹 마른 대지를 촉촉이 적시면서

새싹들

움트는 거기

생명수가 되어라

　-「봄비」전문

「봄비」는 감정이입의 작품이다. 어린아이를 봄비에 비유하여 어린아이의 무한한 가능성의 세계를 암시하고 있다.

시인은 하고 싶은 말이나 하려고 하는 이야기가 있으면 그 이야기를 어떤 동식물에 감정이입을 해서 그 동물, 식물로 하여금 말이나 그 이야기를 하도록 한다. 시조에서는 주로 사설시조에 그런 상황을 부여하는 것이 보통이다.

그런 의미에서 전영임 시인의 시적 재치를 엿볼 수 있는 작품이기도 하다. 어렵고 힘든 생활이나 삶의 절실함 속에서 쓰인 작품들이 독자들의 마음과 정신을 사로잡는다. 아무리 현란한 미사여구라도 그 속에 절실한 생활이 없고, 눈물과 한숨이 없고, 진실과 그것의 아픔이 없고, 재치가 없다면 공감과 공명共鳴을 얻어낼 수 없다.

투명한 유리관 속 가마득한 나이테로
슬픔인 듯 고뇌인 듯 묘묘한 미소하며
묵혀둔 오랜 사유를 만나보고 싶었습니다

무애한 아량으로 실답게 살았지만

종내엔 가시문 길 무상한 삶을 괴고
초연히 우주의 중심 반가좌를 튼 당신

연꽃무늬 감싸 안은 비단 자락 고요하고
실눈으로 보는 세상 아득한 극치의 길
역사를 켜켜이 얹은 시간 위의 기다림

한 하늘 정감 어린 둥근 해와 초승달
고졸한 천년 면벽 적멸의 해탈일까
설백한 날빛 말씀을 유진으로 받습니다
　　－「물아物我의 시간 – 금동미륵보살반가사유상」 전문

　　이 작품은 부제가 붙어있어서 잘 생각할 수 있는 작품이다.
'금동미륵보살반가사유상'은 여러 가지가 있는데 대부분 국보
로 지정되어 있어서 보기가 힘들다. 국립중앙박물관이 소장한
금동미륵보살반가사유상은 국보 제78호로서 삼국시대 대표
적인 불상이다. 유리관 속에 앉아서 오랜 시간 동안 미소인 듯
울음인 듯 스며있는 미묘한 고뇌의 미소를 짓는 불상을 보면서
물아일체의 세계로 들어가고 있다. 반가좌를 하고 앉은 그는
무엇을 생각하고 고뇌하고 또 어떤 슬픔을 반추하고 있을까,
시인의 생각이 깊어진다.

코로나가 길을 막아 감감했던 여섯 달
기억을 지워가는 요양병원 유리창 안

저승꽃
활짝 피우신
당신을 뵙습니다

손끝조차 못 만지는 야속한 시간 앞에
엄마, 불러봐도 분절되는 목소리

허공만
타는 눈빛이
물음표만 찍습니다
　　－「근황을 묻다」 전문

　「근황을 묻다」는 현실의 아픔과 어머니에 대한 그리움을 가
득 담은 작품이다. 요즘 코로나19로 인해 일상생활의 많은 부
분이 무너졌다. 이 시조는 코로나19로 인해 요양병원에 오랫
동안 입원해 있는 노모를 찾아가서도 직접 손 한 번 잡아보지
못하고 유리창 너머로 "엄마" 하고 불러봐도 분절되는 목소리
만 들려오는 안타까운 마음을 작품화한 것이다. 둘째 수 종장

에 전영임 시인의 마음이 잘 드러난다. "허공만/ 타는 눈빛이/ 물음표만 찍습니다".

세월이 만들어낸

성글어진 지문들

절절한 틈새마다 미쁘게 덧바르는

생이란

마주 보면서

서로 메워가는 일
  ―「사춤」 전문

전영임 시인은 작품 속에서 옛날에 잘 쓰이던 단어를 적재적소에 잘 쓴다. 요즘 젊은이들은 잘 알지 못하는 어휘이지만 조금 나이 든 독자들에게는 낯이 익다. 그런 단어를 알맞은 자리에 쓰지 못하면 아주 엉성한 문장이 되어버린다는 것을 글 쓰는 사람들은 잘 알고 있다. 시의 제목도 그렇지만 시의 내용에 있어서도 '성글다' '미쁘다' '메우다' 등등의 단어가 바로 그것이다.

사람 사이 또는 생활 속에서 틈새가 벌어진 것을 본다. 사춤
이란 그 벌어진 틈새를 아주 예쁘게 단장하는 일 또는 그것을
잘 다듬어 미쁘게 하는 작업을 말한다. 우리 삶에 있어서 사랑
에 대한 서로의 배려나 그 둘 사이의 벌어진 사랑의 틈새를 마
주 보며 살면서 서로서로 보듬어주고 그 아픔이나 멀어져 가는
사랑의 거리를 좁혀주는 것으로 비유하여 쓴 작품이다.

남녀 간의 사랑이나 부부간의 사랑은 신이 주신 좁혀진 영원
한 거리이다. 항상 그 거리를 유지하면서 살아간다는 것은 우
리 인간들의 영원한 숙제이다.

　　물소리 산새 소리 송뢰 이는 산기슭
　　그윽한 매화 향기 따라 드는 도산서당
　　앞마당 들어서 뵙는 단아한 당신 성품

　　청빈낙도 그 삶을 숙명으로 여기시며
　　신의 소리 들을 수 있는 성학을 완성해
　　큰 사유 이끌어내신 해득함을 만납니다

　　갈마드는 체관 속 혈류는 탁해져도

맑은 물, 바람 같이 보내오신 빛난 말씀
'경敬' 자로 품어주신 혼 겸허하게 새깁니다

거문고 타는 손결 애태우던 마음 한길
기약 없는 이별은 님이 주신 귀한 애감愛感
마지막 남기신 말씀

"저 매화에 물을 줘라"
　－「퇴계退溪, 흔적을 만나다」 전문

　이 작품 넷째 수는 퇴계와 관기 두향의 사랑에 관한 것이다. 48세 때 단양군수로 부임한 퇴계는 그곳에서 시, 서, 거문고, 노래와 춤에 능한 18세의 관기 두향을 만나 정을 나누었다. 두향은 퇴계 선생과 이별할 때 그에게 매화 한 그루를 선물했다고 한다.

　퇴계 선생은 도산서원에서가 아니라 영주시 순흥 소수서원에서 많은 제자들을 키워냈으며 모든 일상을 백운동서원에서 보냈다. 퇴계의 『성학십도』나 성리학의 모든 완성을 스스로 터득하고 또한 이기이원론의 성리학을 이루어냈다. 이황의 학문적 근본적인 입장은 진리를 이론에서 찾는 것이 아니라 평범한 생활 속에서 찾는 것이다. 학문의 인생관을 최후로 경敬에서 찾고 실천하려고 한 분이시다.

1570년 고향에서 죽음을 맞고 그가 죽은 4년 뒤에 도산서당 뒤편에 서원을 지어 도산서원이라는 사액을 받았다고 한다.

1.

부풀면 떨어질 줄 뻔히 알고 있어도

그것도 숙명이라 어찌할 수 없어서

단심에 낙화하지만

다시 피는 그 찰나

2.

가냘픈 우리의 기적 지금 보고 있나요

무거운 쇠창살도 거뜬히 드는걸요

생각을

뒤엎어 보니

안 되는 것 없네요

　－「물방울」전문

　이 작품은 물방울처럼 힘없는 것들의 삶에 대해서 많은 것을
생각하게 한다. 그 작은 물방울을 통해서 또 다른 삶의 창조를
일으키고 있음을 말해주고 있다. 계란으로 바위를 치면서 살아
온 민초들의 삶도 힘없는 물방울이지만, 꾸준한 노력에 의한
삶의 슬기는 바위에 구멍을 뚫고 어려움을 극복해 내는 일들을
할 수 있다는 시인의 의지가 새롭게 보이는 작품이다.

별들이 지고 있다 한순간에 떨어졌다

인간 시절 과오를 까마득히 잊었지만

그네는

단 한순간도

잊을 수 없었던 일

반짝이는 별일수록 현실을 외면하며

기억의 숲길마다 불 지르고 싶겠지

모질게

박은 못 따윈

눈감으면 그만이니

봄이 와도 피멍 들어 피우지 못한 꽃을
예초기 날을 갈며 톺아보는 저 눈길
닫혔던
침묵 터지니
토혈이 낭자하다
　　－「폭로me too」 전문

　전영임 시인은 많은 일들을 눈으로 실감하면서 이 작품을 썼
을 것이다. 세 수 한 편인 이 시조는 현실을 외면하지 않은 작품
이다.
　첫 수에서는 피해자는 한순간도 잊을 수 없었던 일을 까마득
히 잊고 지내온 가해자를 폭로하고 있으며, 둘째 수에서는 지
위가 높고 소위 잘나갈수록 자신이 저지른 잘못을 대수롭지 않
게 넘겨버리려 하는 가해자의 심리를 짚었다. 기억나는 잘못된
것들은 없던 일처럼 불사르고 싶을 것이다. 남의 마음에 깊게
박은 못들도 눈감고 돌아서면 그만으로 아는 권력자 그들의 심
보일 것이다. 마지막 수에서는 봄이 와도 마음의 피멍이 풀리
지 않고 아픈 마음을 안고 어디 하소연 할 데도 없는, 닫혔던 침
묵을 터뜨려 토혈하고 있는 피해자 그들의 절규를 그려놓았다.

　때 이른 풀벌레 소리 처음으로 듣던 날
　기우는 석양 끼고 찾아드는 봉정사

소나무 허리 굽히며 가슴 안고 서있다

후문으로 들어선 대웅전 너른 법당
참회의 기도 소리 깨달음이 간절한
행자의 저린 독경에 합장하는 솔가지

수심으로 걷던 걸음 기척도 숨죽이고
더 낮은 자세로 머리 숙여 익힌 참선
초연히 어루만진 얼 나를 비워내는 시간
　　－「봉정사의 저녁」 전문

　봉정사의 극락전은 우리나라 목조건물로 가장 오래된 것이
라고 한다. 전영임 시인은 석양에 봉정사를 찾아들었다. 소나
무도 허리 굽혀서 합장하고 있는 듯한 그곳에서 풀벌레 소리
들으며 자연 속에서 자신을 찾아보는 시간이다.
　마음에 가득한 수심을 털어버리고 사바세계로 돌아오고 싶
은 시인의 마음, 흐르는 물과 같이 낮은 데로 흐르도록 불상 앞
에 머리를 숙이면서 지난날을 초연히 어루만지며 나 자신을 비
위내는 시간을 보낸 듯하다.

　이보게,
　가을 하늘에 동물농장 세났는가

어째 저래 온갖 동물 다 올라가 있는가
어린 날 우리와 놀던 진돌이도 저기 있네

자네는
그곳에서 이물없이 평안한가
꿈결에도 소식 한 장 보내오지 않으니
귓전에 목소리 울려 가끔 두리번거리네

바지랑대 꼭대기 고추잠자리 앉을 때
쑥부쟁이 들고 다니며 잡으려고 했었지
알았나, 잡을 욕심보다 놀이가 좋았던 거

이제는
가물하게 멀어져 가는 기억
잊을까, 하늘 보며 자네 얼굴 떠올리다
천상의 어느 언저리 잘 사는지 안부 묻네
　－「가을 편지」 전문

　「가을 편지」는 가을날 푸른 하늘에 피어오른 뭉게구름을 보면서 동물의 형상을 상상하며 놀았던 어린 시절의 추억을 떠올리게 하는 작품이다. 이제는 시간이 많이 흘러 지난날 함께 어울려 뛰어다니던 일들이 가물가물 멀어져 가는데, 문득 하늘을

올려다보니 옛 추억과 함께 그 친구의 얼굴이 그리워져 하늘의
어느 언저리에 잘 사는지 안부를 묻는다.

안향의 청빈한 숨결 머무는 소수서원
고즈넉한 솔밭 길 비켜선 오솔길에
진여체 그리워하는 단장 깊은 목소리

적조된 세월 동안 귀동냥 배운 글로
혜안의 누백 년을 절절하게 살아와
죽계를 노래하는데 머리 절로 숙이네
　－「시를 읽는 소나무」전문

지금도 소수서원에 들어서면 아름드리 소나무와 은행나무
가 하늘을 떠받치고 있는 것을 볼 수 있다. 그 나무들을 학자수
學者樹라고들 한다. 영주 순흥면 내죽리에 있는 소수서원은 5대
서원 중 한 곳으로 우리나라 최초로 임금이 이름을 지어 내린
사액서원이다. 조선 중종 때 백운동서원이라 했다가 명종 5년
(1550)에 퇴계 이황의 건의로 소수서원으로 불리게 되었다고
한다. 사적 제55호이다.

첫째 수에서는 안향 선생의 숨결이 느껴진다. 둘째 수는 퇴
계 선생의 제자 배순에 대한 이야기인 듯하다. 수많은 제자들
을 키워낸 이황은 제자를 두는 데는 차별을 두지 아니하고 가

르치신 것을 잘 안다.

　　바람에 간들거리는
　　작은 꽃을 담으려

　　흔들지 말라고
　　흔들리지 말라고

　　통사정
　　꿇어 엎드려
　　겸손을 배우는 날
　　－「출사出寫하다」 전문

　「출사하다」는 단형시조이면서 많은 것을 내포하고 있는 작품이다. 카메라를 통해 작품을 찍으려고 할 때는 여러 가지 사용하는 기구가 있는데 먼 것을 당겨서 찍을 땐 망원렌즈가 필요하지만 가까운 피사체를 찍을 때는 접사링을 끼워서 사용하는 것이 보통이다. 완벽한 순간에 피사체를 카메라에 담기 위해 전영임 시인은 흔들리지 않을 때까지 조용히 꿇어 엎드려서 기다리는 시간을 갖는다. 이런 작업을 하면서 조그마한 사물 하나라도 그것을 담기 위해서는 나 자신을 낮추고 꿇어 엎드려 조용히 기다리며 정중히 모실 줄 아는 겸손을 배운다고 전영임 시인은 말하고 있다.

> 헤엄치고 있었다 바다가 아니어도
> 모두 보내자 했다 떠나온 본향으로
> 동공이 허예지도록
> 간절히 바라던 눈
>
> 승천이 꿈이었나 단단히 세운 비늘
> 곧게 편 지느러미 파도치는 꼬리까지
> 입 안에 할 말 물고서
> 하세월 참아온 저,
>
> 배 속을 좍 가르고 내장 다 훑어내도
> 처음 먹은 그 마음 절대 놓지 않으니
> 천년도 꺾을 수 없어
> 염원하는 울음소리
> ─「목어의 꿈」전문

「목어의 꿈」은 그 울음을 통해 불교의식의 체험을 터득하고 모든 생물에 대한 삶의 존엄성을 읽게 해주는 작품이다. 목어木魚는 다른 이름으로 목어고木魚鼓, 어고魚鼓라고도 한다. 불교에서는 범종梵鐘·법고法鼓·운판雲板 등과 함께 불전사물佛殿四物

에 속한다.

옛날 어느 큰스님 밑에 제자가 있었는데 수행은 하지 않고 엉뚱한 일만 하다가 젊은 나이에 요절을 했다. 몇 해 지난 다음 스님이 출타하기 위해 배를 타고 가는데 등에 큰 나무가 난 물고기가 나타나 큰스님에게로 다가와 눈물을 흘리는 것이다. 큰스님이 숙명통으로 전생을 살펴보니 바로 그 제자였다. 등의 나무로 인해 고통을 받고 있다는 것이다. 큰스님이 수륙재를 지내주었더니 꿈에 제자가 나타나 스님의 법력으로 중생의 몸을 벗었다고 말하며, 등에 났던 나무로 물고기 모양을 만들어 걸어두고 두드릴 때마다 잘못을 생각하는 도구로 삼게 해달라고 했다. 그리하여 목어가 생겨났으며 이 목어가 변하여 입과 꼬리 부분만 남은 것이 바로 목탁이 되었다고 한다.

발설하지 못해서 심중에 새긴 마음
이름만 되뇌어도 발갛게 꽃물 든다

당황해
숨기려 해도
눈치 없이 피는 꽃
 ―「홍조」 전문

달그락, 수저 소리

간이 잘 밴 웃음소리

구수한 청국장 냄새 창문 타고 모여드는

허기진 들바람조차

배 불리던 실골목
　　－「저녁 골목」 전문

　위의 두 작품은 전영임 시인의 순박하고 순수한 마음이 드러
난 작품이기도 하며 농촌의 구수한 마음까지 표출되는 작품이
기도 해서 함께 묶어보았다.
　「홍조」를 먼저 보자. 우리가 살면서 흔히 있는 일로 젊은이
들이 좋은 일을 하고 어른들 앞에서 칭찬을 받았을 때 당황한
얼굴이 붉어지는 것을 볼 수 있다. 이것은 순수한 마음에서 우
러나오는 감출 수 없는 감정이다.
　「저녁 골목」도 도시에서는 찾아볼 수 없는 작품이다. 골목길
을 들어서면서 옆집 돌담이나 울타리를 지나갈 즈음이면 저녁
준비를 하고 상을 차리면서 달그락거리는 수저 소리, 그리고
청국장 또는 된장국 끓이는 냄새가 구수하게 골목으로 퍼지며
이웃집 저녁상 차림까지 알던 시절이 있었다.

요즘은 사람의 향기를 맡기가 쉽지 않다. 개인적으로 만나는 사람들은 자신의 이익이나 무엇을 얻기 위해서 접근하는 사람들이 많다. 그저 아무 바람 없이 남에게 도움을 주고 덕을 베풀기 위해 접근하는 사람들이 요즘 세상에는 드물다. 우리 살아가는 길에 꽃향기는 잠깐이지만 좋은 사람의 덕을 쌓은 향기는 만 리를 가고도 남는다고 한다. 그것을 인향만리 人香萬里 또는 덕향만리 德香萬里라고 한다.

바람이 불어오면
서로 낸 상처 핥으며

속울음 못 감추는
고요한 비명 소리

멍그늘
되짚어가는
애가 타는 그믐 강
－「갈잎 사이」 전문

「갈잎 사이」에서는 다른 시인들이 하지 않은 언어를 구사하는 것을 볼 수 있다. 강가에 서있는 갈대의 서걱이는 잎들이 바람에 서로서로 자신들이 낸 상처를 어루만져 주고 핥아주며 서

로를 위로하면서 살아가는 언어를 쓰고 있다. 하고 싶은 말을
숨죽여 가며 고요하게 말을 전하는 모습, 그리고 지난 상처를
되짚어가면서 서로를 애가 타게 덮어주는 모습이 자신의 모습
인 것이다.

말에 베인 상처에
아렸던 날 있습니다

이제 와 다시 보니
내 벼린 혀끝인걸

되돌아
나를 향할 줄
짐작조차 못 했던,
－「부메랑」 전문

불각시 쳐들어와
심중을 두드린다

주옥같은 언어를
찰나가 눈치챌 때

손끝은

수신음마다

해독하며 그린다

   −「시는 내게」전문

   전영임 시인은 시를 쓰는 것에도 좋은 습관을 가지고 있고 또 시 언어를 말하듯이 다루는 솜씨도 세련되었다.

   「부메랑」에서는 남에게서 받은 "말에 베인 상처"를 되짚어 보니 "내 벼린 혀끝"으로 인한 것임을 깨닫는 과정을 그렸다. 결국에는 나 자신이 말을 잘하면 상대방에게서 돌아오는 말이 좋다는 뜻이 되겠다. "가는 말이 고와야 오는 말도 곱다"는 우리 속담을 떠올리게 하는 교훈적인 작품이다.

   필자는 시를 쓰거나 글을 쓰는 사람들은 항상 메모할 준비를 해서 다녀야 한다는 말을 늘 한다. 「시는 내게」는 바로 그런 것을 의미하고 있는 듯하다. "주옥같은 언어"가 "불각시 쳐들어" 왔을 때 손끝은 그것을 "해독하며 그"릴 준비를 하고 있어야 하는 것이다.

추녀 끝 매달려도 그저 그게 좋은 것은

내 목소리 어디든 보낼 수 있다기에

어디 먼

그곳에 있을

네게 가 닿으라고

끝없는 바람결에 내가 나를 때려도
아픔을 견디면서 그래도 좋은 것은
돌올한
그 소리 울려
오는 길 밝히려고

가슴에 새긴 금석 너와의 굳은 약속
빗물에 씻겨 가도 햇살에 바래져도
무시로
초로하는 마음
댕 댕 댕,
길을 낸다
 －「풍경 소리」 전문

　풍경은 자기 자신의 몸을 쳐서 목소리를 내어 자신을 알리는
것이다. 어디에 있든지 어느 곳에 달려있든지 그 목소리는 한
결같다. 가난한 사람이든 부자이든 간에 자신의 목소리는 한결
같은 목소리인 것이다.
　첫째 수에서는 추녀 끝에 매달려 있어도 서럽게 생각하지 않
고 그저 풍경 소리를 통해 먼 데 있는 너에게 내 마음의 소리를

전할 수가 있어서 좋다고 고백한다. 둘째 수에서는 내가 나 자신을 끊임없이 때리는 것은 그대가 오는 길을 밝혀주기 위함이니 이 아픔을 견디는 것도 기쁨이라고 말한다. 마지막 수에서는 너와 나 새긴 금석 같은 약속이 빗물에 씻기고 햇볕에 빛이 바래져도 지금까지의 한결같은 마음이 네가 오는 길을 내어주리라는 희망을 품는다.

> 이파리 몇 안 남은
> 나무 아래 낡은 벤치
>
> 산노을 바라보는
> 홀로 앉은 은발 머리
>
> 슬며시
> 단풍잎 하나
> 툭, 내려앉는 오후
> ―「동행」전문

이 작품 속에는 이제는 돌아갈 수 없는 자리까지 와있는 것들이 있다. 풍성한 잎들과 함께했던 온갖 세월을 다 보내고 이제는 이파리 몇 개 달고 늦가을 아니면 초겨울의 계절에 와 서 있는 나무, 먼 산 서쪽으로 넘어가는 햇빛에 물들어 마지막으

로 붉게 타오르는 노을, 그 노을을 바라보고 홀로 앉아있는 은
발의 한 노인. 모두가 세월의 마지막에 와있는 것이다.

종장에서는 단풍잎 하나가 슬며시 떨어진다고 했으며 그 시
간은 하루를 다 보내고 난 오후에 와있다.

세상에, 낭구가 그림을 그린대이
못 배운 나보다 백 배는 더 똑똑한갑다

남녘 문
열어놓고서
시름으로 뱉던 말씀

그 나무 부러웠을까 둥치 아래 잠든 당신
실바람 이명처럼 그 음성 나를 때마다

매끈한
너울가지가
웃어주던 유년의 집

오늘은 먼 기억 속 당신을 그리네

낫낫한 붓이 되어 처연하게 그리네

메말라
야윈 가지가
생기 살금 머금네
–「나무가 그리는 그림」전문

이 시집의 표제작이기도 한「나무가 그리는 그림」은 전영임 시인 아버지 생전의 이야기, 돌아가신 아버지에 대한 그리움을 토로한 작품이다. 앞에 언급한 작품「근황을 묻다」에서 요양병원에 계시는 사랑하는 어머니에 대한 그리움을 드러냈다면 「나무가 그리는 그림」에서는 아버지 살아계실 때 남쪽으로 향한 문을 열어놓고 하시던 그 말씀을 되뇌어 본다.

"세상에, 낭구가 그림을 그린대이/ 못 배운 나보다 백 배는 더 똑똑한갑다". 이 말씀이 돌아가신 후에도 자식인 전영임 시인의 뇌리에 가슴 저리게 남아 오랜 세월을 그리움에 젖게 하고 있다. 배우지 못했지만 지혜롭고 사랑이 많으셨던 아버지의 아픔을 어른이 된 시인의 눈으로 잘 그린 작품이다.

전영임 시인은 수필도 경지에 올라있고(제26회 신라문학대상 수필 부문 수상) 또 시, 시조에서도 자신의 작품성을 스스럼없이 잘 표출하고 있다. 시인의 가정사라든가 생활 속에서 퍼 올리는 작품이 좀 아프면서도 독자들의 심금을 울리고 있다. 가슴

따뜻한 이야기를 쓰고 싶다는 게 평소 전영임 시인의 말이다.

문학은 인간이 살아가는 길이라고 생각한다. 문학은 뜨겁고 눈물이 있는 정원에 살아있는 꽃향기이거나 아니면 부패한 정치판 속에서 깨끗한 이슬을 건져 올리는 이야기라고 할 수 있다. 어려운 세상살이에서 보석 같은 언어로 사람들에게 삶의 활력을 부여해 정신의 투혼을 건져 올릴 수 있는 것이 바로 문학의 힘이며 우리에게 비춰지지 않는 정체성Identity을 잡아내어 일깨워 주는 것이 살아있는 문학이라고 생각한다.[2]

전영임 시인의 시집 전편全篇을 차근차근 읽어보았는데 지면 관계상 좋은 작품을 더 언급하지 못한 점을 밝혀두는 바이다. 앞으로 대성하는 시인으로 발전하기를 기대하면서 더욱 훌륭한 작품을 써서 독자들에게 보답해 주기를 바라는 마음이다.

2) 박영교, 『시조 작법과 시적 내용의 모호성』, 도서출판 천우, 2013, p.149